I'm teulu i gyd – am eu cefnogaeth ar hyd y blynyddoedd.
Steven

© hawlfraint Dref Wen Cyf. 2005
Stori © hawlfraint Steven P. Jones 2005
Lluniau © hawlfraint Lisa Worswick-Smith 2005
Cyhoeddwyd gyntaf 2005 gan Wasg y Dref Wen, 28 Heol yr Eglwys,
Yr Eglwys Newydd, Caerdydd CF14 2EA. Ffôn 029 20617860.

Argraffwyd yn yr Emiradau Arabaidd Unedig.

Cic Anferthol Jac

gan
Steven P. Jones

Lluniau gan Lisa Worswick-Smith

DREF WEN

Dyma Jac Davies.
Mae Jac yn gwisgo'i
het goch a gwyn trwy'r
amser, ac mae e wrth
ei fodd yn chwarae
pêl-droed.

Mae Jac yn hapus y bore 'ma. Mae Rhys, ei frawd mawr, yn rhoi benthyg pêl iddo.

"Ond paid â'i cholli hi!" mae Rhys yn ei rybuddio. "Pêl clwb y pentref yw hi. Byddwn ni'n chwarae gyda hi mewn gêm gwpan bwysig y pnawn 'ma."

Mae Jac yn rhuthro allan
i'r ardd i chwarae gyda'r
bêl.

Mae e'n ymarfer driblo
yn gyntaf,

wedyn mae e'n ceisio cadw'r
bêl yn yr awyr trwy ei chicio

a'i phenio.

Mae'n anghofio ei fod e yn yr ardd gefn, ac yn meddwl ei fod e'n chwarae pêl-droed i Gymru!
Mae Jac yn cymryd rhediad hir ac yn cicio'n galed.

Dyma'r bêl yn codi ... a

chodi … a chodi …

O na! Mae Jac wedi cicio mor galed, mae'r bêl yn mynd dros do'r tŷ, ac allan i'r stryd! Ac o diar! Yr eiliad honno mae lori'n mynd heibio …

…ac mae'r bêl yn glanio PLOP! ar gefn y lori!
Druan o Jac! Mae e'n gwylio'r lori a'r bêl yn
diflannu i'r pellter.

Mae Jac yn rhedeg i'r tŷ at ei fam.
"Mam! Mam! Brysia! Rhaid i ni
fynd ar ôl y lori!"
"Lori? Pa lori? Beth yn y byd
sy'n bod arnat ti, Jac?"
"Dim amser i siarad, Mam! Mi wna i
esbonio'r cyfan ar y ffordd!"

Dydy Mam ddim yn hapus o gwbl ar ôl clywed yr hanes.

"Wel dyna dwp wyt ti, Jac! Roeddet ti'n gwybod bod Rhys a'r tîm angen y bêl y pnawn 'ma."

Ond mae Jac yn rhy brysur yn chwilio am y lori i wrando.

"Edrycha, Mam! Dacw hi'r lori! A dacw'r bêl ar ben y tywod yn y cefn!"

Wrth lwc, mae'r llwyth o dywod yn drwm iawn, a'r lori'n symud yn araf.

Cyn hir mae'r car yn union y tu ôl i'r lori a gall Jac ymlacio.

"Da iawn ti, Mam! Mae'r gyrrwr yn siŵr o aros cyn hir ac yna fe gawn ni'r bêl yn ôl."

Maen nhw'n dilyn y lori am ddwy filltir, nes o'r diwedd mae hi'n stopio mewn iard adeiladu.

"Hwrê!" mae Jac yn gweiddi.

Mae Jac yn mynd at y gyrrwr ac yn gofyn cwestiwn annisgwyl iawn iddo.

"Esgusodwch fi, ond ga' i fy mhêl yn ôl, os gwelwch yn dda?"

Mae'r gyrrwr yn edrych yn syn ar Jac, ond ar ôl clywed yr hanes mae e'n chwerthin yn braf ac yn rhoi'r bêl yn ôl iddo.

Yn y pnawn mae Jac yn mynd i wylio Rhys yn chwarae i dîm y pentref, ac mae e'n cael gair gyda'r rheolwr.

"Bydda i'n chwarae i'r tîm cyn hir," mae Jac yn dweud yn hyderus.

"O, fyddi di nawr!" Mae'r rheolwr yn gwenu'n braf wrth ateb. "Rwyt ti braidd yn rhy ifanc eto, Jac!"

"Wel," meddai Jac, "mae gen i gic anferthol! Dim ond y bore 'ma fe giciais i bêl mor galed, roedd yn rhaid i mi deithio dwy filltir i'w nôl hi!"

A dydy Jac ddim yn dweud celwydd, nac ydy?

Storïau lliwgar difyr o'r
DREF WEN
mewn cloriau meddal

Chwaden Mewn Wagen *Jez Alborough*

Cwtsh *Jez Alborough*

Fy Ffrind Arth *Jez Alborough*

Gethin a'r Monstyrs *Ella Burfoot*

Waldo a Dani *Sally Chambers*

Waldo'n Ennill y Dydd *Sally Chambers*

Beth wnawn ni â Babi Bw-Hw?
  Cressida Cowell a Ingrid Godon

Postman Pat Eisiau Diod *John Cunliffe*

Plentyn y Gryffalo
  Julia Donaldson/Axel Scheffler

Cwac, Cwac! *Philippe Dupasquier*

Dydy Crocodeilod Ddim yn Glanhau eu
  Dannedd *Colin Fancy/Ken Wilson-Max*

Mr Blaidd a'r Tri Arth *Jan Fearnley*

Mr Arth yr Arwr *Debi Gliori*

Cadno Bach a'i Ffrindiau yn Rasio
  Colin a Jacqui Hawkins

Yn y Glaw gyda Martha Fach
  Amy Hest/Jill Barton

Arth Hen *Jane Hissey*

Gwna Fel Hwyad! *Judy Hindley/Ivan Bates*

Bwni Bach yn Mynd i'r Ysgol *Harry Horse*

Ianto a Roli *Mick Inkpen*

Drygioni Mog *Judith Kerr*

Ambarél y Wrach Hapus
  Dick King-Smith/Frank Rodgers

Fflos y Ci Defaid *Kim Lewis*

Fflos a Me Bach *Kim Lewis*

Taw Tomos *Tony Maddox*

Newydd Da, Newydd Drwg
  Colin McNaughton

Ga i Chwarae? *Jill Murphy*

Heddwch o'r Diwedd *Jill Murphy*

Heddlu Cwm Cadno *Graham Oakley*

Fy Mrawd Mawr Moc *Liz Pichon*

Rwyt ti'n Rhy Fawr
  Simon Puttock/Emily Bolam

Mrs Mochyn a'r Sôs Coch *Mary Rayner*

Mrs Mochyn yn Colli'i Thymer
  Mary Rayner

Perfformiad Anhygoel Gari Mochyn
  Mary Rayner

Wil Drwg *Mary Rayner*

Ch-Chwyrnu *Michael Rosen*

Wil y Smyglwr *John Ryan*

Ed a Mr Eliffant: Cei di Weld! *Lisa Stubbs*

Mostyn a Monstyr y Mwyar *Lisa Stubbs*

Y Tri Blaidd Bach a'r Mochyn Mawr Drwg
  Eugene Trivizas/Helen Oxenbury

Pwtyn *Clara Vulliamy*

Methu cysgu wyt ti, Arth Bach?
  Martin Waddell/Barbara Firth

Ifan Cyw Melyn
  Martin Waddell/David Parkin

Paid â Bwyta Anti Dil *Nick Ward*

Wil y Ffermwr a'r Storm Eira *Nick Ward*

Wil y Ffermwr a'r Mochyn Bach
  Nick Ward

Cyfres Fferm Tŷ-gwyn *gan Jill Dow*

Chwilio am Jaco

Gwlân Jemeima

Dref Wen Cyf., 28 Ffordd Yr Eglwys, Yr Eglwys Newydd, Caerdydd CF14 2EA Ffôn 029 20617860